푸른사상
시선

62

모래 마을에서

김 광 렬 시집

푸른사상
PRUNSASANG

푸른사상 시선 62

모래 마을에서

인쇄 · 2016년 2월 25일 | 발행 · 2016년 3월 2일

지은이 · 김광렬
펴낸이 · 한봉숙
펴낸곳 · 푸른사상
주간 · 맹문재 | 편집 · 지순이 | 교정 · 김수란

등록 · 1999년 7월 8일 제2-2876호
주소 · 서울시 중구 충무로 29(초동) 아시아미디어타워 502호
대표전화 · 02) 2268-8706(7) | 팩시밀리 · 02) 2268-8708
이메일 · prun21c@hanmail.net / prunsasang@naver.com
홈페이지 · http://www.prun21c.com

ISBN 979-11-308-0612-9 04810
ISBN 978-89-5640-765-4 04810 (세트)

값 8,000원

모래 마을에서

오고 가고 멈춰 있는 것들이 다 높고 낮은 삶의 행위요, 이야기들이다. 들길에 핀 외로운 꽃 한 송이에서 화사한 기화요초에 이르기까지, 어두침침한 그늘에서 부드러운 햇살이 온몸을 휘감는 양지에 이르기까지 그 모든 곳에는 삶의 쓸쓸함과 아픔과 분노와 기쁨이 점철되어 있다.

그 삶의 편린들을 쓰기 위해 나는 무던히 애썼다. 허나, 막상 여기 시집으로 묶어내려니 온통 부끄러움이 스멀거린다. 그동안 내가 겪은 체험의 한계와 부족한 필력(筆力)과 함께 게으른 습성이 나를 끝없이 못 견디게 한다.

허나, 어쩔 것인가. 이 끝없는 부끄러움도 어쩌면 오고 감이요, 멈춰 있는 것이요, 부글거림이요, 절망에서 다시 깨어나기 위한 몸부림이다. 중요한 것은 현재와 더불어 미래다. 여기 내놓는 다섯 번째 시집이 미래를 위한 디딤돌이 된다면 그나마 자그마한 위안이 되겠다.

2016년 2월 초순 제주에서
김광렬

| 차례 |

제2부

제3부

제4부

제5부

제6부

제1부

한 줄의 글로

한 줄의 글로
저민 삶을 응축시킨 사람은
행복하다

한 줄의 글에서
저 심연을 느낄 수 있는 사람은
더 행복하다

한 줄의 글로
나는
울고 웃고 다시 운다

사람들이여
울고 웃고 다시 울다
한 줄의 글이 되어라

찰나

나뭇가지에 걸린 보름달이
제 무게를 이겨내지 못하여
쿵, 땅바닥으로 떨어지려는 찰나
바람에 팔랑이는 나뭇잎이
간신히 엉덩이를 밀어 올려서
다시 하늘로 올라가기 시작한다
간담이 서늘했던 순간이여

씨앗

캄캄한 어둠 속 떨다가
툭, 툭 맨살 터트리며
불거져 나오는 것
손가락 같은 것
처음은 조그맣게
허나 이윽고 쑥쑥 자라나서
떨림이 되고
울림이 되고
노래가 되는 것
우리 집 베란다
화분에도 발돋움하는 것
욕망이 없이는
생명이 될 수 없는 것

시가 연꽃이다

진흙탕 같은 먹구름 사이로
달이 연꽃을 피워낸다

세상은 까만 수렁이다

시(詩)가 연꽃 한 송이를
쳐들고 있다

참, 곱다

뿔

뿔 맞대고 씩씩거리는 황소를 보면
나도 저처럼 싸우고 싶어 못 견디다가도
크게 다칠까 보아
멀리 피해버린다

풀을 뜯는 황소가 웬 힘이 그리 센가?

풀잎처럼 유순한 황소가 왜 성나 있는가?

성글성글하던 눈망울이 왜 저리 실핏줄 벌건가?

황소는, 황소는 왜 자신을 드러내는가?

왜 나는 늘 엉덩이를 뒤로 빼는가?

황소에게는 뿔이 있고
나에겐 뿔이 없어서다
단순히 그 차이다
뿔, 자신을 드러내는 간절한 언어

새소리

작은 몸 어디에 서릿발 칼날 숨겨두었나

머리를 휙 스치며 찢어지게 우는 새소리

불안한 세상을 경계하는 일침이다

봄이 왔다고 다 봄은 아니라고

꽃 속에 독(毒)이 묻어 있다고

아름다움의 배후는 늘 수상하다고

포장된 향기 속에는 음모가 숨어 있다고

소리하며 가는 새, 이 봄이 위험하다

봄에 죽음 냄새가 더 짙은 것은 무엇 때문일까

독수리에게

와서, 내 속을 뜯어 발겨다오 독수리야

안에 어떤 흉측한 삶이 살고 있는지

왜 자신은 용서하면서 남은 용서하지 않는지

왜 자신의 잘못으로부터 도피하는지

제 속 검은 줄 모르고 남만 검다 하는지

내 속 찢어발겨다오 독수리야

오늘 수술을 받아야 할 존재는 나이니

너는 메스 같은 그 날카로운 발톱으로

내 안을 찢어 새살로 돋아나게 해다오

현재

우리는 현재를 살고 있다

포물선을 그으며 떨어지는 돌멩이처럼
─아직은 삶의 유연함이 느껴진다

수직으로 낙하하는 폭포처럼
─꼼수를 부리지 않는 강직함이 엿보인다

레일을 달리다 탈선하는 기차처럼
─쓰레기통에 구겨진 폐휴지가 떠오른다

기우뚱 가라앉는 배처럼
─뭉크의 피 묻은 절규가 고막을 긁는다

떨어지는 나뭇잎처럼
─인생이 파리한 백짓장 같다

피뢰침 위에 앉은 까마귀처럼

− 천둥 번개 내려쳐서 갈가리 찢길 것 같다

그 어느 곳을 향해

지금

너와 나는

질주하고 있다

부글거리는 통섭

변화하는 것들은 진통을 수반한다
레미콘에서 흘러나오는 것들이
비틀리고 거꾸러지고
소용돌이치면서 섞여 벽이 되는 동안
모래알과 시멘트와 물이
온데간데없이 사라져버렸다
내가 생각들을 반죽하며
새로운 생각을 만들어낼 때
지끈거리며 머리가 아파오듯
한 송이 꽃이 피어날 때
꽃봉오리 온몸으로 파르르 떨듯
진화하는 것들은 한 고비를 이겨낸다
다른 것이 되기 위하여
껍질을 벗는 저것들
바뀌어서 더 단단한 것이 된다면
기꺼이 저를 내주겠다며
벽이 되어가는
하나의 세계가 되어가는

모래알과 물과 시멘트의

저 못 견디게 부글거리는 통섭

빨려들고 스며들고 번져서

무엇엔가 빨려들고 싶을 때 있다

물에 돌멩이를 던졌을 때
동심원을 그리며 쏙 빨려드는 것처럼
어질어질 초록의 향기에 젖어드는 것처럼
진한 먹물이 종이에 스며드는 것처럼

스미는 즐거움
푹푹 눈에 발목 빠질 때
영혼까지 빨려드는 듯한 기쁨

소금이 배추에 스며드는 것처럼
진흙 사이로 물이 스며들면서
반죽이 되는 것처럼
곰삭은 젓갈이 되어가는 것처럼

천천히 빨려들고 스며들고 번져서
다른 그 무엇이 되고 싶을 때 있다

별들을 위하여

오늘은 별들이 참 슬퍼 보여서
얼른 자리를 뜨지 못하고
이슬이 내리는 시간까지
함께 있어주었다

만약 내가 무심하게
등 돌려버렸다면
얼마나 상심했을까
사랑하는 누군가를 잃었을지도 모르는
별들을 위하여

내가 그 곁에 있어주니
비로소 찬란히 빛나는 별들
그래, 함께 있음이
이렇듯 마음 따습다

이빨

네 엉덩이를 밀면서, 가만 내버려두지 않지.
널 움직여야만 하니까. 그들은 말해. 저기,
저 아래, 저 아래로 가, 잽싸게 엉덩이를
움직여, 그리고 너는 (결국) 짐을 싸지.

— 베르나르마리 콜테스, 「숲에 이르기 직전의 밤」 중에서

네 이빨을 밀어낸

다른 이빨은 지금 어디에 있니?

또 다른 이빨에 밀려

거리를 헤매고 있는 것은 아니니?

낯선 거리까지 와 먹을 것을 뒤지는 개여

포만감은 짧고

허기는 길다

너는 자꾸 사나운 이빨에 밀려

피골이 상접하다

이빨이 없는 곳을 찾아 떠돌지만

어디에도 아늑한 휴식처는 없다

불쌍한 것,
순간 남이 눈치챌세라
기름진 뱃살을
슬그머니 배 안으로 밀어 넣는
나를 보았니?
너는 누군가에게 떠밀려
또 어디로 가야 하니?

제2부

하얀 눈 동백꽃 새벽 속으로

하얀 눈 동백꽃 새벽 속으로
걸어갈 수 있다면
거무튀튀한 마음들 하얘지리라
세속 세상 발 디디고 살다 보면
자신도 모르게 속 검어지지만
어느 날 불현듯
이게 아니다 싶어 벗어나려 애쓰는
그 마음들 순백하리라
하얀 눈 동백꽃 그 새벽은
내 눈 속에도 흰 눈 내리고
붉은 동백꽃 가득가득 피어나서
어질어질 숨이 콱 막혀서
아무 생각도 안 나리라
하얀 무늬 위에
붉은 마음만 핏빛처럼 선명하리라
그날의 하얀 동백꽃 새벽 속으로
걸어갈 수만 있다면
이 밤 아무리 어두워도 좋다

풀꽃

집 안에 칩거하여
며칠
몇 권의 책을 읽었다

감히,
세상을 수렁에서 건져낼
묘안은 없었다

밖에 나와 서성거릴 때
바위틈에 오종종 핀 풀꽃들이
보였다

그렇다
뜨거운 햇살,
사나운 비바람에 꺾이지 않는
저 풀꽃들이

이 고단한 세상을
이겨내온
검질긴 힘이다

세속

뜨거운 불길 속 토막토막 잘린 채
불판에서
바지직 타들어가는 붕장어들
아는지, 오늘 나도
사무실에서 괴로웠는데
괴로웠던 내가 괴로운 너희들을
먹어야 하다니!
망설이다 어쩔 도리 없이
괴로움을 삼켜 나는
또 하나의 괴로움을 생산한다

침묵

샛노란 금은방 앞을 지날 때
번쩍번쩍 빛나는 침묵들이
진열대를 화려하게 장식하고 있었다
그중 하나를 가질 수 있다면
나도 저들처럼
혀가,
잘려도,
괜찮겠다고,
생각하다가
퍼뜩 두려운 마음이 들었다
내가 내 입을 열어
세상을 말할 수 없다면
그것은 산송장이나 다름없다고
내 안 어딘가에 꼭꼭 숨어 있던
뾰족한 가시 하나 툭 불거져 나오며
날카롭게 나를 찔렀다

차용

수도꼭지를 튼다
금은보화 돈다발이
쿨럭쿨럭 쏟아진다
잠글 때까지
멈추지 않는다
어디에 그 많은 것들을
저장해두는지
참, 용타
하늘이 눈길 돌린
땅바닥은 지금
쩍쩍 갈라져 소태맛인데
콸콸 신나게
쏟아지는 저것들
갈라진 땅바닥이
좀 끌어다 쓰면 안 되겠나

사과즙 속으로
— 가족들의 눈 밖에 난 사람에게

그는 작은 좌판대의 사과를 판매하는 아주 젊지만은 않은
점원이다

사과는 둥글다 그는 둥글지 않다 사과는 즙이 가득하다
그는 깡말랐다 나는 사과를 먹는다 그는 먹고 싶은 유혹을
이겨낸다 나는 그래도 살아갈 만하다 그에게는 근심이 거미
줄 쳤다 이번만은 실패하지 않으리라 모질게 어금니를 깨무
는 그, 불신의 벽을 깨고 사과즙 속으로 진입할 수 있을까?

성찰의 기억

문어는 제 수족을 자르던 기억을
잊어버리는 것일까
위기에 놓였을 때
한 번으로 족한 일을 상습적으로 반복하는 것은
성찰하지 않기 때문이다

결국 버려지는 것은
저를 믿고 따르던
수족들이다

더불어, 부분들의 합인 전체다
그래도 좀처럼
고뇌할 줄 모르는 문어

모래 마을에서

바람이 거센 날은 바람이
바닷모래를 마을로 퍼 올린다
모래는 낙엽처럼
이곳저곳을 휩쓸고 다닌다
그래서인가
그 바닷가 마을이 온통
모래에 파묻힌 것 같다
눈 속을 뚫고 걸어갈 때
눈썹에 고드름 맺히듯
집 이마에도 가지런히
모래 고드름 매달린 것 같다
모래는 콧구멍, 입 뚫고
핏줄기를 타고 온몸 구석구석
서걱서걱 휘파람 불며
휘젓고 다니는 기분이다
도대체 그 모래 마을에서
어떻게 살아가나,
그래도 사람들은 살아간다

모래를 헤집고

모래 속으로 파고들며

사생결단을 내고야 말겠다는 듯

집요하게 뿌리를 내린다

강정 바닷가에서

알몸의 등허리에 기계 채찍을 가하자
꾸역꾸역 피 번져난다
먼 옛날 노예들이 저렇게,
캄캄하게 생살이 찢어졌을 것이다
제발 너희들에겐
슬픈 역사가 되풀이되지 않기를
허나 오류는 시작되었다
사람들은 거기
보이지 않은 분노의 장작개비를
차곡차곡 쌓아갔다
불을 지르면
거대한 불길이 솟구칠 것이다
먼 훗날,
역사서에는 무엇이라 기록될까

가시면류관
― 김남주 시인과 보낸 몇 시간

딱 한 번 우연히 만났다

어느 출판사 1층 주점에서였다

낮술을 하고 있었다

몸이 아프다고 했다

사슬을 푼 지 얼마 되지 않은 때였다

울분이 짐승처럼 포효하지는 않았다

아니, 물속 깊숙이

자신을 가라앉히고 있었다

수심 속으로 침잠하는 목소리가

물살에 떠밀리며

토막, 토막 신음으로 흘러나왔다

시인이자 전사(戰士)였던 그도

세월에 치일 대로 치여

빛이 들지 않는 모서리처럼 그늘졌다

역설적이게도 검은 손들이

보이지 않은 번쩍이는 가시면류관을

그의 머리 위에 씌워주었다

제3부

너의 반

그림자에게 저의 반을 내어주고도
저벅저벅
먼 길 걷는 반달

시간이 없다는 핑계로 지금껏 나는
그의 반*이
되어주지 못했다

그동안 내 마음은 칠흑 같은 밤

이제야 꽃 한 아름 안아들고
붉게 물들어
너의 반이 되러 간다

* 정지용의 시 「그의 반」에서 '그의 반'이라는 시어를 활용함.

외발

흠뻑 비 내려 물 고인 공원 잔디밭
두루미 한 마리 먹이를 찾다 말고
외발 짚고
잠시 휴식을 취하고 있다
먼발치서 바라보던 나는
두 발 다 디디고서도
불행한 사람들과
외발뿐이어도
행복한 사람들에 대해 생각한다

두 발 다 디딘 나는
두 발이어서 왠지 부끄럽고
외발로 선 너는
외발이어도 부끄럽지 않다

젖어 있는 아침

봄볕 화사한 날 한 사내가 공원 벤치 밑을 청소하고 있다 색 바랜 나뭇잎들이 켜켜이 쌓여 있다 쇠스랑 들고 살짝 건조한 표면을 자극하자 숨어 있던 눅눅한 감성들이 봇물 터지듯 쏟아져 나온다 그래, 살다 보니 메마른 것들이 젖은 것들을 짓눌러왔다 들어내면 들어낼수록 더 뜨거워지는 축축한 눈물의 뼈들, 그동안 생의 슬프고 아픈 것들이 저 안에서 남몰래 웅성거리고 있었던 것이다 그렇게 살아가는 일은 늘 안이 젖어 있는 것이라는 생각을 지워버리지 못하는 이 아침, 저 젖어 있는 안쪽에게 우리는 얼마나 따뜻한 눈길 주며 살아왔을까

시인

버스 타고 마을을 지나다 보면
그 마을 출신이 입신출세했다느니
무슨 높은 학위를 취득했다느니
무슨 조합장에 당선되었다느니
하는 현수막은 걸려 있지만
시인이 되었다든지
시집을 내었다든지 하는
걸개를 내건 곳은 없다
나름 축하할 일이지만
모두들 시와 등 돌려 앉는 것 같아
한편 쓸쓸하기도 하다
허나, 시인은
누에실로 천을 짜듯 한 땀 한 땀
말의 사원을 짓는 사람이니
유혹을 베는 칼이
늘 그의 영혼 속에
서슬 퍼런 눈을 뜨고 있다

병동에서

칼자국 숭숭 난 얼굴

삼시 세끼
밥 해 먹이며
저는 나날이 낡아가는

죽지 못해 살아간다는 말
단 한 번도 꺼낸 일 없는

주름살 번듯번듯한
도마

감전

　바지를 추켜올리고 허리띠를 질끈 동여맨다 허리에 느껴지는 단단한 감촉, 긴장이 느슨해졌던 지난밤을 거머쥔다 헐렁거리는 나사를 꽉 조이고 톱니바퀴를 밀며 앞으로 나아간다 벽, 문, 거리, 직장, 또 문과 문, 사람들, 그 틈바구니에서 살아남아야 한다 내일을 기약할 수 없는 아침, 심호흡을 하고 다시 한 번 허리띠를 조인다 찌르르, 지그시 아랫배를 차고 올라오는 버겁고 따뜻한 가족이라는 전류

문병

납작 엎드린 숨소리 살고 있는 집
몇 굽이 골목길 꺾어 돌아
민둥산 가파른 비탈길
자라목 하고 등 굽혀 올라간 집
낯선 인기척에도 내다보지 않고
봉당 저편 안방엔 간간이
가래 끓는 소리
한숨 물살 일으키는 소리
그곳에 세 들어 사는 선배의 방엔
땟자국이 한 섬
가난도 한 섬
아픈 몸도 한 섬 그래도,
초승달처럼 반기는 여리고도 선한 눈

사은회에서

제자들의 초대장 받고 간 사은회

그 당시 직장 동료들 가운데는

이미 세상을 마감한 이도 있다

와병 중인 이도 있다

오지 못한 이도 있다

섭섭한 마음 잠시 한쪽에 접어두고

먼저 반가운 얼굴들과 인사를 나눈다

그러고 나서

졸업생들이 준비한 노래를 듣는다

돌아가신 이가 즐겨 부르던

산장의 여인*을 합창하던 한 제자가

격한 감정을 이기지 못한 채

왈칵 눈물을 쏟아낸다

노래가 가늘게 끊기는 듯 이어지는 사이

내 눈가도 촉촉해진다

그리움은 슬픔에게 길을 터주고

보석 같은 눈물을 빚어낸다

가공되지 않은 원석(原石)이

더 찬란하게 빛나는 이 저녁 한때

* 산장의 여인 : 가수 권혜경의 노래

열다섯 꽃잎

살려달라고 애원하던 열다섯 꽃잎이
간밤에 떨어졌다
오래 백혈병 앓던 몸에
대상포진 악의 꽃처럼 번져
푸르스름한 희망마저 앗아가버렸다
오직 딸 하나만을 위해 살아왔던
내 가까운 혈육인 그 엄마
흐르는 눈물 감추려
애써 얼굴 돌려도
세상이 온통 젖어 있는 것을 안다
자식이 죽으면 가슴에 묻는다 했던가
너의 무덤은 엄마 가슴이니
비록 몸은 헤어져도
엄마 가슴에 무덤을 만들었으니
너는 엄마를
엄마는 너를
잊으려 해도 잊을 수 없을 것이다
삶은 기쁨 슬픔이 교차하는
서천 꽃밭 그 어디쯤이다

윤회(輪回)

산 나무가 죽은 나무 되어
불꽃 일으키는 것처럼
생명 지닌 네가 죽은 생명 되어
불꽃 태운다
지난 삶은 짧았다
짧았던 지난 삶이
철판 위에서
거센 불길 일으켜서
덧없는 흰 가루가 되어서
나무 아래 묻힌다
썩고 썩은 뒤
뿌리가 너를 삼켜서
다시 죽은 나무 되어서
먼 훗날 또다시
싱그러운 불꽃 일으키리라
허니, 비록 너는 여기에 없어도
여기에 없다고
끝내 나는 말하지 않으리라

사랑하던 사람이 그대를 떠났을 때

사랑하던 사람이 그대를 떠났을 때

그래도 그리워하라

그리움은 그대의 몫

그리워하는 마음까지 떠나보낸 것은 아니므로

그리워하다 그리움이 차디차지면

그때 그리움을 비우면 되니

그토록 사랑하던 사람이 그대를 떠났을 때

아직도 그리움이 메마르지 않았다면

이 세상에 홀로 살아가는 사람의 무게로

그리운 사람을 그리워하라

그리운 사람을 애절하게 그리워하다

그리움의 소금 기둥이 되어라

발인

열다섯 너머를 그리워하던
한 소녀가 떠나간다

열다섯 너머를 사랑하지 못한
한 소녀가 풀꽃이 되러 간다

열다섯 너머를 미워하지 못한
한 소녀가 별이 되러 간다

열다섯 너머를 알지 못하는
한 소녀가 푸른 나무 밑으로 간다

소녀의 열다섯 너머는
갈 수 없어서 늘 그립다

하느님께

열다섯 영혼 잘 받아들였습니까?

지상에서처럼 아프다고
투정 부리지는 않습니까?

엄마가 그립다며
밤마다 흐느끼지는 않습니까?

밥도
책도
입을 것도
잘 챙겨주시고
가끔은 그곳 친구들과 어울려
노래방도 가게 하십니까?

꽃처럼 어여쁘고
항아리처럼 너그러우신 하느님
그곳은 분명
이 세상 못지않게
아름다운 곳일 것입니다

제4부

눈 내리는 풍경

들판을 휘몰아가는 광막한 몸짓

벌판 끝 저 가뭇한 곳에서

눈은 씨줄 날줄 사연을 짜듯

사르르 커튼을 치듯

주렴 드리우듯

제일장 뒤 제이장이 있다는 듯

무대 뒤 무대 있다는 듯

쉴 새 없이 휘날려간다

한때는 은막 뒤에서

성충의 꿈을 꾸기도 하다가

불온한 시대 앞에서

꽃잎처럼 떨기도 하면서

그래도 그게 삶이라는 듯

끄덕끄덕 긍정의 고개 끄덕이는 눈보라,

세월은 가시덤불 같아도

늘 다시 눈 뜨는 촉수 있어

여기서 멈출 수 없다는 듯

저 벌판 끝으로 끝없이 휘몰아간다

연북정(戀北亭)에서

북쪽 언 하늘로
날려 보낸 새는 돌아오지 않는다

허공 그 어디쯤에서
꽁꽁
얼어붙었나 보다

아니면 어디 험한 곳
헛발 디뎠나 보다

달콤한 혀는 늘 가까이 머물고
뼈 있는 말은
멀리 유배지에서 고초를 겪는다

예나 지금이나 사람 사는 일
별로 다르지 않다

새를 자꾸 날려 보내는 뜻은

아직도,

심장이 붉기 때문이다

증언

김경인, 오희춘, 양일화, 양근봉, 조병태, 박동수, 현우룡,
김평국 등
그런 평범한 할머니 할아버지들

죽음보다 기억이 더 두렵다는 사람들

　－산사람들 내려와 양식 달라고 해서 내준 것밖에 없다
　－중산간 마을에 산다고 하니 폭도라며 덜컥 붙잡아갔다
　－형제 세 명 총 맞아 죽고 도망가다 다리 총상 입고 붙잡
혀갔다
　－그때 그 상황을 아무리 말해도 도저히 이해하지 못한다

돌아가면서 한마디씩 하는 말들,

전주로 부산으로 마산으로 대구로 대전으로 인천으로 서
대문 형무소로
끌려갔던 사람들

아무 말 못 하던

뿔난 세월

창자 끊어지는

바닥 모를 아픔

지금은,

풀꽃처럼 덤덤한

영화, 노예 12년

구천 원 주고 묵직한 영화 한 편 샀다
아니, 노예를 샀다 12년 동안?
아니 사실은 영화, 노예 12년을 봤다
자유인을 유린하는 일은 간단했다
순수한 열망을 빨아들이는 달콤한 속임수
진실을 가장한 간교한 지혜와 달변의 혓바닥
길들이기 위한 철저한 폭력
그런 속에 속내를 숨기고 탈출을 꿈꾸는 주인공
또한, 제국주의의 위안부
그들은 모두 노예
인간 이하의 밑바닥 생활을 견뎌내면서
이겨내지 못했을 때 그 방편은
맹목적 순종,
아니면 죽음?
그들은 나와는 아주 다르다고
그저 사과 씨 툭 내뱉듯 말할 수 있을까

바윗돌 아래 오래 묻어두었던
— 살아남은 4·3 수형인의 말씀

철창문이 닫히는 순간
고향집이 가뭇가뭇 사라지고
쇠창살이 바늘 끝처럼 뾰족해지면서
가슴에 콱 박히는 것 같았어요

살아 당신들과 만나
이렇게 옛이야기 하는 게 꿈만 같아요
살아 있는 게 의심되어
슬그머니 허벅지 꼬집는 나를 아나요

창밖에는 나른한 봄 햇발이
경청자의 눈꺼풀을 내리누르고
언제까지 풀어놓으려나
바윗돌 아래 오래 묻어두었던

저 낡은 구리종 같은
슬프고 아프고 가슴 시린 이야기

옛 서대문 형무소 자리에서
— 살아남은 4·3 수형인들과 함께

저 눈꽃들은 겨우내
헐벗은 나무들이 피워낸 것이다

헐벗은 시절이 없었다면
저리 눈꽃이 아름다울까

혹독한 시절이 있었다
죄가 없어도 죄는 만들어져

쇠창살문 너머로 바라보던
눈 시린 하늘

그 하늘에서
가장 고통스러웠던 이들에게

오늘 축복처럼 눈이 내린다

나무에게

푸르지 않은 나무는 나무가 아니라는
고정관념을 바꾸기 위해
어느 날 나뭇잎들은 다 져버린 것이다

너희들에게는 인권이 없다
그러므로 자신을 주장할 권리도 없다는
인식을 교정하기 위해
그들은 모두 삭발했던 것이다

나뭇잎 다 떨어진 숲으로 가니
나무들의 고뇌가 보였다
하나같이 꾹 입 다물고 있었다

떨쳐낸다는 것은
새로운 생명으로 거듭 태어나겠다는
가장 뜨거운 내면의 외침이다

응집

— 구본웅 화백의 〈친구의 초상〉을 보며

유체 이탈할 것 같은

붉은 입과 파이프가

서로를 놓지 않고 있다

매서운 눈초리가

뾰족 솟은 코가

철저하게 웃음을 배제한

파랗고 까맣고 빨간

흰빛 차가운 얼굴이

입을 향해

팽팽하게 응집해 있다

입이 파이프를

파이프가 입을 놓는 순간

최후의 고집은

무너져버릴 것 같다

아차, 하면

떨어뜨리고 말 것 같은

무엇인가를 향한 지독한 불만을

끝내 놓지 않고 있다

바이칼에서

고행이 없는 해탈이 어디 있으랴
그때 알혼섬에서 바이칼과 만나기 위해
우리가 타고 간 우아직은
2차 세계대전 당시 군용차를 개조한 것
굴곡이 심한 비포장도로를
그야말로 우당탕거리며 우직하게 달린다
여기저기 터지는 비명 소리 없이는
결코 바이칼을 보여줄 수 없다는 듯
천상계에 닿기 위해
헤아릴 수 없는 지옥문을 두드린다

질린 시선들이 기진맥진할 때쯤 해서야
몇 번의 비탈진 언덕길을 오르내리고
초원을 몸 비틀며 달리던 우아직이
비로소 사람들을 부려놓는다
거기, 보이는 것은 물뿐
어디서나 볼 수 있는 흔한 물일 뿐
저것을 보기 위해 이렇게 달려오다니

허무하다, 허무하다고 되뇌는 순간

그게 해탈이라고

그게 천상에 이르는 길이 아니겠느냐고

지나는 바람이 나직이 속삭였던 것 같다

바이칼에게

겉으로 보이는 모습이 안의 모습이리라
안이 평화로운 사람의 겉 얼굴 모습처럼
너는 푸르스름한 바탕에 젖빛 얼굴을 하고 있었다
얼마나 화평한 얼굴인지
처음엔 안의 모습과 다르리라 생각했다
그러나 한동안 너에게 침잠했을 때
잔잔해지는 내 마음처럼
바깥 세계의 평화로움은 결국
안에서 스며나는 빛임을 알았다

그동안, 안으로는 배척하면서 겉으로 웃는
이중적 삶을 살아온 나는 할 말을 잃었다

오직 침묵으로 부끄러움을 대변했다

진통 없이는 생산할 수 없는 모든 생명체들처럼
고뇌 없이는

변화할 수 없는 것

내가 자꾸 안과 겉이 달라지려 할 때마다

나를 용서하지 않겠다, 바이칼

바이칼을 마시다

믿음은 의심을 물리치며 견고해지는 것
그때 나는 금방 떠올린 물처럼 흔들리다가
고요히 멈춰 서는 물이 되어서
두 컵이나 연달아 바이칼을 마셨다
누구는 오염되었을 거라며 거부했지만
내 안 누군가는 마셔도 괜찮아 하고 속삭였다

선장이 손수 길어 올린 두레박 물은
부드럽고 달콤하고 섬세했다
믿음이 없었다면 배를 타고 가는 내내
나는 선장을 나무라다 못해
바이칼에 온 일조차 후회했겠지만
허나, 어떤 이상 징후도 보이지 않았다

그동안 의심이 많았던 내가
더는 의심하는 습성을 버려야 한다며
꿀꺽꿀꺽 믿음을 마신 일은 잘한 일이다
비로소 바이칼에 살고 있다는 샤먼이

내 안으로 들어와

혼탁한 내면을 말끔히 씻어주었다

안부

물상들이 흐릿한 정물로 선 저녁
창문들이 멍한 눈을 뜨고 거리를 바라보고 있다
나뭇잎들 흔들고 가는 바람 없다
아무 생각 없는 시선으로
흐릿한 세상이나 물끄러미 바라보라고
바람은 좀처럼 창문들을 흔들어 깨우지 않는다
그 속에 서서
어둠은 고뇌하지 않는 밤을 끌어당기고 있다
언제부터인가 꿈을 여읜 일상들이
무표정하게 어둠에 잠겨가고 있다
모두들 평안한가?

내 안에서 그것을 느낄 때

외로워서 도저히 견딜 수 없을 때
바이칼로 가자
그곳에 충만한 외로움과 만나자
수많은 전설들을 품고서도
한마디 말 없이 도도히 흐르는 물
외로운 자는 말이 없다
말을 꺼내는 순간
그것은 외로움과 결별하는 것이므로
깊은 저 안에만 고요히 담아두는 말
외로움을 지우기 위해서가 아니라
더 외로워지기 위해서
바이칼로 가자
외로움은
얼음장 밑으로 가만히 흐르는
서늘한 물살 같은 것
내 안에서 그것을 느낄 때
나는 비로소 살아 있는 것이니

제5부

분수를 바라보며

물줄기를 뿜지 않는 그 분수가 차갑다

꼭지를 틀면

마그마처럼 분출할 것 같은 속울음이 자글자글하다

형상이 되지 않는 형상은 그림자다

소리가 되어 나오지 않는 소리는 목숨이 없다

허공을 가르는 시원스런 물줄기 보고 싶다

오랫동안 참고 참았던 그 영혼,

한번 솟구치면

뜨겁고 푸를 것이다

대단한 몰입

한발 한발 설경 속으로 들어서면
시린 눈 뒤집어쓰고
참선하는 나무들이 보인다
무아지경이다
오직 열애, 또 열애
저 놀라운 집중
저 대단한 몰입
저 풍경이 아름다운 것은
그 내면에
새로 돋아날 푸른 잎들을
겨우내
온 힘으로
밀어내고 있기 때문이다

쓴다, 나는

시를 안 쓰면 누군가에게 버림받을 것 같아서
시를 안 쓰면 사랑이 떠나버릴 것 같아서
시를 안 쓰면 눈물이 메말라버릴 것 같아서
시를 안 쓰면 나를 잃어버릴 것 같아서
누가 뭐라 해도 쓴다, 나는
먼 길 달려와 곤두박질치는 폭포처럼
아득한 곳에서 불어오는 눈보라처럼
발길에 차이는 돌멩이처럼
잎사귀에 속삭이는 바람처럼
눈빛 불타는 까마귀처럼
혹은 순한 양처럼
어둠처럼
빛처럼

개미 떼

잎사귀에 이는 바람처럼
춤추는 활자들의 물결

개미들이 꾸불대며 떼 지어
까만 어둠 속으로 사라진 뒤

환하게 불 켜지는
동굴 속 세계

개미 떼들이 수렁에서
무지(無知)를 건져 올린다

길

험난한 길 끝에 섰을 때
순탄한 길이 펼쳐졌다

순탄한 길 끝에 섰을 때
험난한 길이 얼굴 내밀었다

험난한 길 끝에
험난한 길 뒤이어도
너는 지금 순탄한 길 걸어가고 있어
하는 마음의 소리 들었을 때

나도 모르게 발걸음에
날개가 달렸다

마음이 길을 바꿔놓았다

노부부

꾸부정한 길 가던 노부부가
길가 나무 그늘 벤치에 앉아
서로의 땀방울을 훔쳐준다
나뭇가지에는 새 한 마리
혼자여서
닦아줄 다정한 이마가 없다

과거

나도 모르는 새 풀린 실이
옷과 단추의 거리를 멀어지게 하듯
너와 나 사이를 벌어지게 한 것은
무심이다
그동안 첫 마음 그대로일 것이라는
관념에 빠져 지낸 시간들이
나를 친다
너는 저 멀리 달아나버렸는데
늘 가까이 있다는 믿음은
무엇이 만들어낸 것일까
되돌릴 수 없는 시간 앞에서
나는 다시 단추를 꿰맨다
단추는 곧 옷과 가까워지겠지만
복잡한 심리를 지닌 너는
아주 돌아올 생각 않는다
허상 속에 흘려보낸
더듬이 잃은 지나간 시간들이
안타까운 듯 나를 바라보고 있다

인간

인간의 머리는 비어 있으면 비어 있을수록
그것을 채우려는 갈망은 덜 느낀다고
표도르 도스토옙스키는 소설 「악어」에서
한 등장인물의 입을 빌려 말했다
그와 반대로,
악어의 뱃속은 진공상태일수록
충만하고자 하는 욕구가 넘쳐나
어떻게든 빈 배를 채우고야 만다
그렇다면 인간의 탐욕이라는 것도
빈 곳을 채우려는
오랜 습성의 반복물이다

도서관 한 모퉁이에서
책을 읽다 말고 배고픈 나는
배를 채우러 밥집을 찾아 나선다
나도 뱃속이 빈 채로는
살아갈 수 없는 인간이다

한련을 바라보며

베란다 블라인드 늘어진 끈 타고
한 땀 한 땀
휘감아 오른다
어느덧 꽃도 피워낸다
이제 더 이상
피워낼 꽃이 없으려니
하는 내 생각을 뒤집으며
붉은 보석들을 뱉어낸다
그 보석은 마치
메마른 내 가슴 한복판에서
반짝이는 것 같다
그렇다
인생은 예순부터라 했다
저 한없이
가녀린 것도 쉬지 않고
여윈 손가락 뻗어
꽃을 피워내듯
모든 생의 절정은
자신이 만들어가는 것이다

북촌(北村) · 1

꽁꽁 언 추위가
새들 날갯짓을 끊어버리고
북향집 문들은
꼭꼭 닫혔다
골목길엔 사람 그림자 없고
머리 쳐든 배들만
묶인 밧줄 바라보며
거칠게 몸 뒤챈다
불현듯 외롭다고
뼛속이 부르짖는데
나는 마음 달래지 못하고
담배나 피워 물 때
날 선 바닷바람이
무섭게 불꽃 베며 간다
저 멀리 남촌에는
따뜻한 한 사람이 있다

북촌 · 2

북촌에서 겨울나기란 쉬운 일이 아니다
북향한 창문들이 꼭꼭 닫혀 있다
겨울에는 북풍이 사나워
사람들은 북쪽과 등 돌려 앉는다
등허리가 시리다
돌아앉아 꽃을 피워보지만
외따로 꽃은 피어나지 않는다
꽃은 안팎으로
따뜻한 손길 모아야 피는 것
겨우 피어나다가도
설한풍에 오그라들어버린다
오늘 북촌을 걸어가면서
허공을 오려내는 칼바람 소리 들으면서
몸 사시나무 떨듯 떨면서
꽃은 결코 혼자 피는 것이 아니라고
따뜻한 마음들이 모여 피워내는 거라고
되뇌며 겨울을 뚫고 나간다

북촌 · 3

못나게 질질 짜지 않는다
북촌에도 몸 뉠 방이 있고
밤톨만 하거나
손바닥 같은 화단엔
때가 되면 무명옷 같은 꽃이 피고
나무가 자라나고
가끔은 새도 와서 지저귄다
그러니 질질 짤 이유 없다
정치는 실망스럽고
연애는 시들하다
두툼한 이웃 정 한 벌이면
뜨끈한 구들장 부럽지 않다
빠진 앞니 부끄러워
손이 자꾸 입으로 가지만
호호호, 번지는 미소가
연꽃 같다
그저 욕심 없이 살아간다

북촌 · 4

겨울 북촌에는 검은 돌담들이
한꺼번에 몇 뼘씩 자라나
지붕들만 살짝 남기고
아랫도리를 감쪽같이 감춰버린다
그래도 바닷바람은 그 거친 손가락 내밀어
사정없이 돌담 구멍을 후벼 파고
눈 부라리고 기어들어와
오래된 창들을 드르르 흔들어댄다
겨울을 이겨내는 것은
사람들뿐만 아니다
헐벗은 나뭇가지며
한구석에서 오들거리며 떠는 개며
돌 틈에 납작 움츠린 부처손이며
곳간에서 잠시 노동을 잊은 삽이며
곡괭이며 할 것 없이
겨울과 싸운다, 싸워 이겨낸 것들은
봄을 향해 뿌드득 등뼈를 편다

제6부

아주 못 견디게 그리운

아주 오지 않는 너 대신
바람이나 맞이하면서
헝클어진 머리칼 쓸어 넘기면서
꾸깃꾸깃 기다림을
호주머니에 집어넣는다
그리움을 모자처럼
공원 나뭇가지에 걸어두고
문 닫듯 서성임을 닫으면
어둑한 마음 방엔
슬며시 차오르는 외로움, 외로움
전혀 쓸쓸하지 않다고
거듭 되뇌어보지만
바람이 불 때
스산한 바람이 불어올 때
여태도 나는 붉은가슴울새처럼
눈시울 붉어온다

마음이 머무는 자리

내 마음은 그대가 와 머무는 자리
내가 그대를 비워냈을 때
그대는 나를 떠나거나
허망에 사로잡힐 것이 분명한,
그대가 지칠 때 와서 기댈 든든한 기둥을
나는 가지고 있다

그대 또한 내가 머무는 자리
그대가 그 자리를 비웠을 때
나는 그대 주변을 맴돌거나
슬픔으로 파들거릴 것이 확실한,
내가 지칠 때 가서 머물 넉넉한 자리를
그대도 지니고 있다

상처가 깊을수록
머무는 자리도 깊다

가을 낙엽

가을엔 온통 가을을 불 지르다가
낙엽이 되리라
나를 나뭇가지에서 사뿐히 내려놓으리라
바람에 휩쓸려 어디론가 아득히 멀어져가리라
그래, 잘 가라고 손 흔들지 말라
세월이 불타는 정거장에 서서
사뭇 마음 아프다는 듯 눈물짓지 말라
이 세상 사랑하듯
이 한 계절 소름 끼치도록 열애하다가
떠나가는 일은 얼마나 대견한 일인가
미련을 남기는 일은 얼마나 치욕인가
죽도록 사랑하지 않았다는 징표인가
유년을 보내고 푸른 청년 시절을 보내고
노을 지는 문턱에 서서
나도 한때 불타는 시절을 보냈다고
숱한 시간들을 서성였다고
회억할 수 있다면 그것은 아름다운 일
내가 사라져가는 쪽을 향해 손 흔들지 말라
망설임 없이 떠나가는 것들이 눈부시다

마음의 무늬

이사 온 지 이십여 년
도배 한번 안 하고 잘 지냈다

어느 날 지인이 우리 집에 왔다가
벽지가 참 예술적이라고 했다
옛 고향집 숭숭 구멍 난 문창호,
누런빛으로 칼칼하게 번지는
케케묵은 땟자국이 어느덧
마음의 무늬가 되어버렸나 보다

상처처럼 찢긴 문틈으로
새 세상 이리저리 들여다보지만
생각이 늘 처음으로 가는 것은
나도 모르는 새 부서지고 깨어진
질그릇 같은 순박함이,

해진 솔기를 꿰매달라며
밤마다 잉잉 울어대기 때문이다

제주 돌담

단 한 번도 그 자리를 떠나지 않았으면서
단 한 번도 그 자리에 멈추어 서지 않는
그를 나는 무엇이라 이름 부르리*

그와 함께 먼 길 걸어가다 보면
내 앞엔 듯 뒤엔 듯 옆엔 듯
또 내 마음 한복판엔 듯

들어앉는 그를 정말 무엇이라 부르리
씨 뿌리던 어머니가 있었고
보리 거두던 아버지 잠시
붉은 노을과 함께 기대서던 곳

돌담 숭숭 난 구멍처럼
마음 한구석 아련히 젖어오는
그를 나는 무엇이라 이름 불러야 하리

* 정지용의 시 「그의 반」에 나오는 '내 무엇이라 이름하리 그를?'을
  활용함.

가족

서로 만나서
한 인연으로 살아가다가
장아찌 담글 무렵쯤이면
뿔뿔이 헤어지지만
그날이 오기까지는
서로 꼭 부둥켜안는다
잘 자라라 쪽파야
눈썹 같은 것들아
초승달처럼 고운 것들아
비좁은 방에서
몸 부딪힐수록
정 깊어가는 것들아
아직 집 밖 나서보지 못한
풋풋한 것들아
세상으로 나갔다가도
그리우면 언제든
집으로 돌아올 것들아

옛이야기

식솔들 목구멍이 더 소중한 어머니
저녁 늦게 밭에서 돌아와서
쌀독 보리쌀 모조리 없어졌다고
안절부절못했다

아무래도 찜찜하여
아까 낮에 바닥 보리쌀 박박 긁어
탁발승에게 시주했다고
마침내 토설해버렸다

오늘 저녁은 밥 생각 말라는
어머니 한숨이
세상 물정 모르는 나를
뒤늦게 후회하게도 했지만

우리 가족 모두의 무사 안녕을 빌었으니
마음이
온통
괴로운 것만은 아니었다

깨어진 사기그릇

어느 날 고향집에 갔다가
깨어진 사기그릇을 발견했다

하얀 바탕에 수묵화 검버섯 얼룩진 위쪽
한 줄의 가로선으로 흔들리는 수평선

어머니 숟가락도 헤엄치다 가고
아버지 숟가락도 노 저어 가고
내 숟가락도 텀벙거리다 간

그렇게 서로 번갈아가며 드나들던
그 쪽빛 바다, 그 수평선이
오늘은 뒤뜰 한구석에

사금파리로 반짝이며 추억을 꿰맞추고 있는데

그 옆을 지나다가 나는

온통 옛날이 그리워졌다

어머니가 수국 같은 웃음 담뿍 머금고
사기그릇 가득 국을 뜨고 계셨다

회귀

그때는 참 맛없었지 꺼끌꺼끌했었지
유월이면 보릿겨 가루로
빚어 먹던 개떡

칠팔월이면 먹던 개역
왜 이런 음식을 먹어야 하는지 가슴 먹먹해하며
들이키던 쉰다리

철 바뀌면
들로 나가 날고구마를 서리해 먹었지
가슴
조마조마했지

발 동동 시린 겨울이 다가오면
당원 버무려 삶은 감저빼때기 먹었지
가장 달콤했지
이 맛 나를 떠나면 어쩌나 사뭇 걱정되었지

나이 좀 들어 그런지

그때 그 맛들이 슬며시

내 깊은 우물에

그리움의 두레박을 드리우기 시작하네

자리젓

곰삭아 농염한 여인네 같은 자리젓을
따뜻한 한술 밥에 척 얹어놓고 먹으면
비릿한 바다 냄새가 온종일 입안에서 살았다
어떤 친구는 그 냄새가 역겨워
가까이 오는 것을 꺼리지만
일찍이 질박한 맛에 절여진 사람은
애인에게 안부 전화라도 하듯
먼 곳에서 그리운 소식 물어오기도 했다

싸락눈 내리는 날

아버지도 외삼촌도 외사촌 순길이도 싸락눈도 모여들어 들여다보는 외삼촌댁 외양간, 암소 엉덩이에서 시뻘건 핏덩이 하나 오물거리며 짚더미로 툭 떨어져 내릴 때 내 두 눈이 화등잔만 해졌다 저게 뭔가? 도대체 저 오글거리는 핏덩이는 무언가?

핏덩이는 아버지도 외삼촌도 순길이도 싸락눈도 그곳에 감돌던 모든 긴장마저도 한순간에 집어삼켜버렸다 아! 하는 가느다란 탄성이 모두의 입에서 새어나왔다 순산의 기쁨과 외경감이 누구의 가슴엔들 저릿하게 흐르지 않았으랴

짚더미에서 잠시 가쁜 숨을 몰아쉬던 핏덩이가 힘을 모아 불끈 일어섰다 주저앉을 듯 휘청 꺾이던 무릎을 추스르며 우뚝 정강이뼈를 세웠다 바라보던 어미 소가 혀로 가만히 핏덩이를 쓰다듬어주었다 밖에는 싸르락싸르락 흩뿌리는 싸락눈이 전혀 차갑지 않았다

염량세태(炎凉世態)에서
망실한 '젖어 있는 안쪽'의 언어

고명철

시인의 언어가 뭇사람들 사이에서 절로 흐르고 그 흐름에 절로 맞춰 삶의 자연스러운 리듬을 형성하기를 꿈꾸는 것은 한갓 공상에 불과한 것일까. 시적 상상력이 예술의 경계에 구속되지 않고 삶과 예술을 회통(會通)시켜줌으로써 우리의 일상의 결들 속에 예술이 스며들어 있고, 예술의 영역 속으로 일상이 지닌 비의성이 배어들어 있다는 것을 절로 성찰하는 일은 힘든 것일까.

김광렬의 시집 『모래 마을에서』의 시편들을 음미하면서 새삼 시인의 언어에 대해 곰곰 생각하지 않을 수 없다. 이것은 김광렬의 시적 상상력이 지금, 이곳에서 살고 있는 우리의 삶뿐만 아니라 향후 모색할 우리의 어떤 삶에 대한 시적 통찰의 욕망과 무관하지 않기 때문이다. 그래서인지, 그의 "세상은 까만 수렁

이다"(「시가 연꽃이다」)와 같은 암울한 세계 인식의 은유로부터 말
문을 열어보자.

　　　　와서, 내 속을 뜯어 발겨다오 독수리야

　　　　안에 어떤 흉측한 삶이 살고 있는지

　　　　왜 자신은 용서하면서 남은 용서하지 않는지

　　　　왜 자신의 잘못으로부터 도피하는지

　　　　제 속 검은 줄 모르고 남만 검다 하는지

　　　　내 속 찢어발겨다오 독수리야

　　　　오늘 수술을 받아야 할 존재는 나이니

　　　　너는 메스 같은 그 날카로운 발톱으로

　　　　내 안을 찢어 새살로 돋아나게 해다오

　　　　　　　　　　　　　　　　　　　　—「독수리에게」 전문

　시적 화자의 자신을 향한 냉엄하고 준열한 자기 성찰은 매우
아픈 고통을 동반하고 있다. 독수리의 날카로운 발톱은 메스이
며, 시적 화자는 이 메스로 자신의 살점을 찢고 파고들어 "안에
어떤 흉측한 삶"의 뿌리를 도려내는 외과 수술을 기꺼이 감내

하고자 한다. 자신의 부정과 잘못에 대해서는 그동안 이렇다 할 발본적 비판 없이 타자의 그것에 대해서만 비판의 태도를 보인 자신의 부끄러운 자화상을 전면적으로 통렬하게 공박한다. 사실 이순(耳順)을 넘긴 시인의 이러한 투철한 자기 성찰은 날로 부박해지는 염량세태(炎凉世態)의 현실에 속수무책으로 포획돼 살아가는 무기력한 자신과, 이러한 삶을 마주하여 한층 날카롭고 웅숭깊게 벼려야 할 시인으로서 윤리감에 대한 부단한 자기 정진을 실천한다는 점에서, 우리는 그 진정성을 주목해야 한다. 그리하여 시인은 이 외과 수술을 통해 '까만 수렁' 속 세상에 생명의 빛을 투과시키고 싶다. 물론, 이 일은 그리 간단한 시적 실천이 결코 아니다. 여기에는 시인의 명민한 세계 인식의 태도가 요구된다. 가령,

봄이 왔다고 다 봄은 아니라고

꽃 속에 독(毒)이 묻어 있다고

아름다움의 배후는 늘 수상하다고

포장된 향기 속에는 음모가 숨어 있다고

소리하며 가는 새, 이 봄이 위험하다

봄에 죽음 냄새가 더 짙은 것은 무엇 때문일까
　　　　　　　　　　　　　　　　—「새소리」 부분

을 관통하는 시인의 세계 인식을 주목하지 않을 수 없다. 시인은 봄의 현상에 일희일비(一喜一悲)하지 않는다. 엄동설한을 견딘 후 찾아든 봄이 얼마나 반가울 것인가. 하지만 시인은 순간의 설렘과 반가움을 드러내지 않고 그 환희의 감정을 극도로 절제하면서 이른 봄, 곧 해빙기에 채 가시지 않은 겨울의 냉한(冷寒)이 마지막 뿜어대는 냉독(冷毒)을 경계한다. "포장된 향기"와 "아름다움의 배후"를 간과하지 않고 "봄에 죽음 냄새가 더 짙은 것은 무엇 때문"인지 그 원인을 탐구한다. 여기서, 우리가 짐작해볼 수 있는 것은 시인에게 완연한 봄은 아직 찾아오지 않았다는 사실이다. 달리 말해 우리 시대의 삶과 현실에서 훈풍이 부는 완연한 봄은 도래하지 않았다. 국내의 민주주의는 진전되기는커녕 뒷걸음질 치고 있는바, 정치뿐만 아니라 경제 부문에서도 우리의 삶은 행복과 거리가 점차 멀어지고 있다. '헬조선'이란 말 속에 총체적으로 집약돼 있듯, 정치경제적 기득권자들과 위정자들에게는 '포장된 향기'와 '위장된 아름다움'의 가치만이 억겹게 넘실댈 뿐이다. 그들만을 위한 봄의 위악적 훈풍이 시인에게는 묵시록적 '죽음 냄새'로 다가온다. 그래서 시인에게는 이럴수록 "캄캄한 어둠 속 떨다가/툭, 툭 맨살 터트리며/불거져 나오는 것"(「씨앗」)과 같은 "뿔, 자신을 드러내는 간절한 언어"(「뿔」)가 절실하다.

그렇다면, 이 간절한 언어의 속성은 어떤 것일까.

봄볕 화사한 날 한 사내가 공원 벤치 밑을 청소하고 있다

색 바랜 나뭇잎들이 켜켜이 쌓여 있다 쇠스랑 들고 살짝 건
조한 표면을 자극하자 숨어 있던 눅눅한 감성들이 봇물 터
지듯 쏟아져 나온다 그래, 살다 보니 메마른 것들이 젖은 것
들을 짓눌러왔다 들어내면 들어낼수록 더 뜨거워지는 축축
한 눈물의 뼈들, 그동안 생의 슬프고 아픈 것들이 저 안에서
남몰래 웅성거리고 있었던 것이다 그렇게 살아가는 일은 늘
안이 젖어 있는 것이라는 생각을 지워버리지 못하는 이 아
침, 저 젖어 있는 안쪽에게 우리는 얼마나 따뜻한 눈길 주며
살아왔을까

──「젖어 있는 아침」 전문

> 외로움을 지우기 위해서가 아니라
> 더 외로워지기 위해서
> 바이칼로 가자
> 외로움은
> 얼음장 밑으로 가만히 흐르는
> 서늘한 물살 같은 것
> 내 안에서 그것을 느낄 때
> 나는 비로소 살아 있는 것이니

──「내 안에서 그것을 느낄 때」 부분

메마르고 건조한 것들에 덮여 있어 좀처럼 그 실재를 보이지
않는 "축축한 눈물의 뼈"로 이뤄진 "젖어 있는 안쪽"은, 태곳적
시원(始原)의 근원적 슬픔과 외로움을 얼음장 밑에 가라앉힌 바
이칼과 다를 바 없다. "생의 슬프고 아픈 것들이" "남몰래 웅성
거리고 있었던" "젖어 있는 안쪽"이야말로 도저히 지울 수 없

는, 그럴수록 더 깊은 외로움으로 침잠해 들어가는 "서늘한 물살 같은" 언어가 조용히 흐르는 곳이다. 그렇다. 언제부터인가, 우리네 삶과 현실에서 지독한 외로움과 상처의 언어가 휘발되면서, 우리 스스로 근원적 자아를 만나는 것 자체를 회피하고, 심지어 자기 탐구를 근대의 저 편협하고 과잉된 주체의 동일자(同一者)로 수렴하는 것과 착종시키더니 자아 성찰의 건강성에 대한 심각한 왜곡을 낳고 있음을 고려해볼 때, 김광렬 시인이 발견하고 있는 축축하고 서늘한 이 도저한 내적 공간이야말로 시인이 간구하는 절실함의 언어가 생성되는 신성한 곳이다.

> 상처가 깊을수록
> 머무는 자리도 깊다
>
> — 「마음이 머무는 자리」 부분

> 겨울과 싸운다, 싸워 이겨낸 것들은
> 봄을 향해 뿌드득 등뼈를 편다
>
> — 「북촌 · 4」 부분

> 곰삭아 농염한 여인네 같은 자리젓을
> 따뜻한 한술 밥에 척 얹어놓고 먹으면
> 비릿한 바다 냄새가 온종일 입안에서 살았다
> 어떤 친구는 그 냄새가 역겨워
> 가까이 오는 것을 꺼리지만
> 일찍이 질박한 맛에 절여진 사람은
> 애인에게 안부 전화라도 하듯

먼 곳에서 그리운 소식 물어오기도 했다

—「자리젓」 전문

　이곳은 민주주의를 위한 쟁투의 공간이며, 아름다운 것을 향한 그리움의 공간이고, 행복을 향한 치유의 공간을 다원적으로 함의하고 있다. 뿐만 아니라 이곳은 관념과 허구로 구축된 게 아니라 시인이 나고 자라난 제주의 참담한 역사의 고통("죽음보다 기억이 두렵다는 사람들"–「증언」)과 식민주의 상처를 망각할 수 없는 역사의 아픔을 공명하고 있다.

　　　또한, 제국주의의 위안부
　　　그들은 모두 노예
　　　인간 이하의 밑바닥 생활을 견뎌내면서
　　　이겨내지 못했을 때 그 방편은
　　　맹목적 순종,
　　　아니면 죽음?
　　　그들은 나와는 아주 다르다고
　　　그저 사과 씨 툭 내뱉듯 말할 수 있을까

—「영화, 노예 12년」 부분

　시인은 명징하게 인식한다. 우리는 이것을, 항간에 학문의 자유와 표현의 자유라는 미명 아래 역사적 진실과 실재를 훼손하는 식민지 근대론자의 망언에 대한 시적 비판으로 이해해도 무방할 것이다. 그리하여 시인은 일본 제국의 군대에서 위안부로 전락한 정신대 할머니의 절망스러운 삶을 제국의 식민 정책에

자포자기로 협력한 것 또는 제국의 가부장 질서에 대한 맹목적 순종으로 인식하는 저 천박한 식민지 근대론자의 언어의 가증스러움을 목도한다. 이 같은 식민지 근대론자의 언어에는 시인이 주목한 '젖어 있는 안쪽'을 이루고 있는 '축축한 눈물의 등뼈'의 언어가 없다. 그래서 시인은 제국의 위안부로 전락할 수밖에 없었던 할머니의 한평생 삶이 제국의 검은 그림자의 억압에 구속된 채 식민주의 시스템을 구축한 식민주의 동조자였다고 미화하는 것에 대해 비판한다. 말하자면, 식민지 근대론자의 언어는 메마르고 건조한 합리주의로 분식(粉飾)한 가운데 피식민지의 상처와 고통에 공감하지 못하는 제국의 지배자의 폭력적 언어를 재현하고 있는 셈이다.

여기서, 우리는 다시 한 번 시인의 언어가 지닌 매우 소중한 속성을 환기할 필요가 있다. 사회적 약소자(弱小者)의 아픔과 고통뿐만 아니라 그의 현존에서 피어나는 아름다움의 가치에 주목하는 언어야말로 제국의 지배자의 폭력적 언어가 얼마나 공포와 환멸에 기반하고 있는 것인지를 뚜렷이 드러내준다. 기실, 우리는 잘 알고 있다. 이 공포와 환멸의 언어가 상생과 공존, 그리고 이 모든 것을 아우르는 평화의 가치를 생성하는 언어와 너무나 거리가 멀다는 것을……

알몸의 등허리에 기계 채찍을 가하자
꾸역꾸역 피 번져난다
먼 옛날 노예들이 저렇게,

캄캄하게 생살이 찢어졌을 것이다
제발 너희들에겐
슬픈 역사가 되풀이되지 않기를
허나 오류는 시작되었다
사람들은 거기
보이지 않은 분노의 장작개비를
차곡차곡 쌓아갔다
불을 지르면
거대한 불길이 솟구칠 것이다
먼 훗날,
역사서에는 무엇이라 기록될까

—「강정 바닷가에서」 전문

강정 바닷가 "알몸의 등허리에" 가하고 있는 저 무자비한 "기계 채찍"의 "슬픈 역사"와 예의 제국의 지배자의 폭력이 포개진다. 엄연한 역사의 "오류는 시작되었다". 강정 바닷가에는 머지 않아 서로 다른 "분노의 장작개비"가 쌓여갈 것이고, 여차하면 공포와 환멸을 불러일으킬 4·3으로 환기되는 제주도 전체를 아비규환으로 몰아넣은 '화마(火魔)'가 재현될지 모를 일이다. 어쩌면, 해군 기지가 세워질 강정 바닷가에서 이후 제주와 동아시아 그리고 세계의 평화를 위협하는 전쟁의 씨앗이 싹틀지 모를 일이다.

그렇다고 시인이 삶의 터전을 버리고 떠날 수 없다. 자칫 생의 절멸이란 절대 공포와 두려움이 엄습해올지 모르지만, 시인은 생의 저 심오하고 깊은 생의 힘을 저버릴 수 없다.

밖에 나와 서성거릴 때
바위틈에 오종종 핀 풀꽃들이
보였다

그렇다
뜨거운 햇살,
사나운 비바람에 꺾이지 않는
저 풀꽃들이

이 고단한 세상을
이겨내온
검질긴 힘이다

—「풀꽃」 부분

모래는 콧구멍, 입 뚫고
핏줄기를 타고 온몸 구석구석
서걱서걱 휘파람 불며
휘젓고 다니는 기분이다
도대체 그 모래 마을에서
어떻게 살아가나,
그래도 사람들은 살아간다
모래를 헤집고
모래 속으로 파고들며
사생결단을 내고야 말겠다는 듯
집요하게 뿌리를 내린다

—「모래 마을에서」 부분

시인의 고백은 직정적(直情的)이고 순백하다. 이토록 험한 세상을 구원할 묘책을 쉽게 찾을 수 없으나 뜻밖에 그 묘책은 시인이 자주 접하는 삶과 현실에 있는 것이다. 답답한 세상 일을 궁리하다 잠시 바깥을 나와 거닐 때 마주한 바위 틈새의 풀꽃으로부터 "고단한 세상을/이겨내온/검질긴 힘"을 발견하고, 모래 바람에 휩싸여 사위가 갇힌 모래 마을이지만 사람들은 "사생결단을 내고야 말겠다는 듯" "모래를 헤집고/모래 속으로 파고들며" 생의 욕망을 향한 뿌리를 집요하게 뻗친다. 생을 향한 이 숭고한 의지와 욕망을 무엇이 꺾을 수 있겠는가. 생을 위협하는 어떠한 불모의 환경이라 하더라도 조금이나마 생을 버팅길 수 있는 틈새가 있다면, 그곳에 가차 없이 뿌리를 내리고 생의 존재를 증명해보이려는 저 불가항력적 생의 신비에 대한 발견은 결코 상투적이지 않다. 비루한 일상 속에서 반복되고 재생산되는 생의 식상한 메커니즘을 있는 그대로 받아들이고, 그 식상함 속에서 조금이라도 식상하게 보이지 않는 생의 도저한 힘에 대한 감동이 곧 시인의 언어가 존재해야 하는 이유다. 이 존재 이유를 헤아릴 때, 우리는 한겨울 속 차디찬 눈을 덮어쓴 나뭇가지에서 새로 움트는 푸른 잎의 경이로움에 대해 감동하게 된다.

> 한발 한발 설경 속으로 들어서면
> 시린 눈 뒤집어쓰고
> 참선하는 나무들이 보인다

무아지경이다
오직 열애, 또 열애
저 놀라운 집중
저 대단한 몰입
저 풍경이 아름다운 것은
그 내면에
새로 돋아날 푸른 잎들을
겨우내
온 힘으로
밀어내고 있기 때문이다

　　　　　　　　　　—「대단한 몰입」 전문

　엄동설한 속에서 푸른 잎을 "온 힘으로/밀어내고 있"는 나무
를 시인은 경외스러운 태도로 들여다본다. 나무의 열애에서 발
견하고 있는 "놀라운 집중"과 "대단한 몰입"은 시인이 욕망하
는 시적 태도와 시작(詩作)의 맥락과 이어진다. 이순을 넘긴 시
인이 욕망하는 '대단한 몰입'이야말로 시인이 결코 포기할 수
없는 시의 순정이다. 시를 구성하는 한 음절, 한 단어, 한 어절,
한 시행, 한 연, 그리고 하나의 부호 등속이 모두 시인에게는 시
를 위한 무아지경의 결정체(結晶體)라 해도 과언이 아니다. 그래
서 시인은 "사람들이여/울고 웃고 다시 울다/한 줄의 글이 되어
라"(「한 줄의 글로」)고 당당히 주문한다. 그것은 곧 시적 상상력의
길 속에서 시의 궁극에 이르기를 욕망하는 것과 상통하는 게 아
닐까. 물론, 김광렬 시인이 꿈꾸는 시의 궁극은 어떤 거창한 게
아니라 '젖어 있는 안쪽'에 오롯이 놓인 뭇 존재들을 향한 치열

한 그리움과 사랑의 언어이며, 그것은 자기 구원을 향한 부단한
시의 정진이리라.

> 시를 안 쓰면 누군가에게 버림받을 것 같아서
> 시를 안 쓰면 사랑이 떠나버릴 것 같아서
> 시를 안 쓰면 눈물이 메말라버릴 것 같아서
> 시를 안 쓰면 나를 잃어버릴 것 같아서
> 누가 뭐라 해도 쓴다, 나는
> 먼 길 달려와 곤두박질치는 폭포처럼
> 아득한 곳에서 불어오는 눈보라처럼
> 발길에 차이는 돌멩이처럼
> 잎사귀에 속삭이는 바람처럼
> 눈빛 불타는 까마귀처럼
> 혹은 순한 양처럼
> 어둠처럼
> 빛처럼
>
> ——「쓴다, 나는」 전문

高明澈 │ 광운대 국문과 교수

푸른사상 시선 62
모래 마을에서